엎지른 물이 내 마음에 담긴다

엎지른 물이 내 마음에 담긴다

초판 1쇄 발행 2023년 04월 21일

지은이 나나용

펴낸이 서용재

펴낸곳 나나용북스 **출판사등록** 2023-000070 (2023년 03월 24일)

이메일 nanayongbooks@gmail.com

인스타그램 @nanayongbooks

네이버 스마트스토어 https://smartstore.naver.com/nanayongbooks

값 11,800원

ISBN 979-11-982752-0-2

엎지른 물이
내 마음에
담긴다

나나용 지음

"항상 온유하며 겸손한 사람,

이웃을 위해 베푸는 삶을 살길 바란다."

- 나의 엄마가 딸에게 쓴 편지 중에서

인생길 가다가 넘어질 때
이 책이 도움이 되기를 바랍니다.
상황은 다르더라도,
아픈 건 모두 같기에
당신의 삶을 응원합니다.

나나용 올림.

들어가는 글

'나는 평범하다'고 농담처럼 말하면 친한 지인들은 어처구니없다는 듯이 웃으며 쉽게 수긍하지 않는다. 그래, 나도 동의한다. 나의 과거나 현 상태가 완전하게 평범하지는 않다. 그러나 나는 그저 이 세상을 열심히, 때로는 아주 게을리 살아가는 한 명의 인간일 뿐이다. 그런 면에서는 나도 지극히 평범하다고 강하게 주장해본다.

나와 나의 남편은 아이를 입양하기로 마음먹었고 몇 년 전 그리고 또 얼마 전에 입양 기관에 상담을 신청했었다. 그러나 내가 납득할 수 없는 이유로 두 번 모두 서류 신청조차 못 하게 되었다. 우리에 대한 많은 사실이 좋은 부모가 될 것이라는 걸 입증한다고 생각하지만, 우리가 만났던 입양 상담사 두 사람 모두 우리 이야기에 전혀 관심이 없었다. 나에 대한 모든 것을 한 가지 사실로 판단해 차별했고, 귀를 완전히 막아버렸다. 아마도 차별을 야기한 특정 사실을 안 순간부터 우리가 좋은 부모가 될 수 없다고 생각한 모양이다.

그래서 나의 과거, 경험, 생각 그리고 삶을 담은 이 책을 통해 나는 여러 면이 있는 다채로운 사람이라는 것을 호소해보려 한다. 책을 읽은 독자가 나를 평범하다고 생각하는지 아닌지는 그다지 중요하지 않다. 평범함이란 하나의 잣대가 될 뿐, 문제가 되는 건 잇따르는 차별적인 태도이기에 독자가 나에게 편견을 갖지 않기만을 간절히 바란다.

사람이란 모두 각자 한 그루의 나무와도 같다고 생각한다. 잎이 무성했던 나무는 월동할 시기가 되면 그 잎을 모조리 떨구지만, 봄날이 다시 찾아올 때면 살며시 파란 이파리들이 죽은 줄로만 알았던 가지에서 고개를 빼꼼히 내민다. 가끔 나무는 무럭무럭 자랄 시기에 아파 시들해지기도 한다. 시들해진 나무는 줄기가 모두 말라버려 죽은 것처럼 보이지만, 필요한 관심을 주고 지켜보면 아예 새로운 싹을 틔우기도 한다. 그렇지만 죽은 것 같아 보인다며 사는 데 필요한 물을 주지 않거나 과한 애정으로 흙이 마를 틈도 없이 물을 자꾸 주게 되면 시들해진 나무는 곧잘 죽어버리기도 한다.

사람도 이와 같다. 누구나 힘들어서 버티지 못할 것 같은 때가 있고 정말 죽을 것만 같은 시기가 오기도 한다. 이때 다시 회복하기 위해서는 아픈 나무처럼 누군가의 관심과 사랑이 필요하다. 하지만 관심이라고 해서 모두 좋은 것만은 아닐 것이다. 미움이나 집착 역시 관심에서 비롯되는 감정들이니 말이다. 마음에 가뭄이 일어나 나의 마음 나무가 파릇함을 모두 잃어버리려 할 때, 누군가가 나에게 해주는 관심 가득한 말은 단비가 되기도 하지만 독이 되어 뿌리마저 앗아가기도 한다. 그렇기 때문에 말은 더욱 신중히 해야 하는 것 같다.

'엎지른 물'이라는 말이 있다. 이는 물이 이미 엎질러졌기 때문에 원래 담겨 있던 그릇에 도로 담을 수가 없다는, 즉, 저지른 일은 다시 돌이킬 수 없다는 뜻을 갖는다. 그러나 나는 이 말의 의미를 조금 다르게 해석해본다. 엎지른 물을 도로 주워 담을 수 없는 이유는 그 물이 흘러 이미 다른 어딘가에 담겼기 때문이다. 이미 뱉은 말 역시 엎지른 물과 같아서 도로 주워 담을 수가 없다는 뜻이다. 신중하게 한 말, 무심코 한 말 모두 누군가의 마음에 담겨 돌이킬 수가 없어진다.

한번 마음에 담기면 평생 생각나는 말들이 있다. 물이 목마른 나무를 성장시키기도 하지만 어떤 경우에는 독이 되듯이, 사람에게 말이란 내 마음을 더 강하게 하는 영양분이 되기도 하고 나를 시들게 하는 상처가 되기도 한다. 내 마음에도 이런저런 말들이 담겨 있다. 누군가가 내게 했던 받아들이기 쉬웠던 말, 상처가 되었던 말, 나를 기쁘게 했던 말 모두 내 마음에 담겼다. 그 물을 내가 내 것으로 받아들여 사용할 수 있는 양분으로 바꿀지 혹은 나를 시들게 만드는 물로 둘지는 이제 나의 몫이 되었다. 지속해서 물을 양분으로 바꿔 마음의 그릇을 키워내야만 단물, 쓴 물 모두 양분이 될 수 있다는 것을 살면서 깨달았다. 어떤 말을 듣게 되든, 말을 한 상대와 그 말을 들은 나 자신의 모습을 그대로 받아들이고 인정해야만 성장할 수 있다는 것 또한 알게 되었다. 그래야 쓴 물과 단 물 모두 내 삶을 살아가는 데 필요한 양분으로 사용할 수 있게 된다.

다양한 경험을 하며 살아오는 동안 들은 이런저런 말이 기억에 남았고, 나는 그것들을 받아들이는 데 여러 노력을 했다. 어쩌면 엎지른 물이 내게 더 잘 담겨서 기억에 남는 말이 더 많은 걸 수도 있겠다. 말을 더 잘 담아두기 때문에 그 말들을 마음으로 열심히 소화해왔다. 그리고 그 말들은 좋든 싫든, 내 마음 나무의 밑거름이 되어 지금의 나를 만들었다.

내가 소화했던 물, 즉 나를 괴롭혔던 말이나 살아가는 데 원동력이 되었던 말을 모두 이 책에 담아 당신에게 부으려 한다. 갑작스럽게 흘러드는 물에 당황스러울 수도 있겠지만, 사실 내가 지금 쏟으려는 물은 이미 독자분들께 익숙한 물일 것이다. 성장, 좌절, 사랑, 편견, 아픔, 그리고 죽음……. 그 누구나 겪는 일이 아니겠는가. 따라서 이 물은 당신에게 새로운 물이 아닌, 이미 마음에 담겨 있는 물에 대한 이야기일 것이다. 그리고 그 물을 아직 소화해내지 못하고 괴로워하고 있다면,

내 이야기와 경험이 그 물을 소화하는 데 작지만, 꼭 필요했던 도움이 되기를 바란다.

미리 당부드리건대, 같은 경험을 하더라도 느끼는 것은 모두 다를 수 있기 때문에 나의 경험으로 독자들께 공감이나 연민을 얻어내려고 하는 것은 절대 아니다. 나의 이야기로 독자들이 겪었던 아픔에 공감하고 있다고 말하려는 것은 더더욱 아니다. 무언가를 경험할 때 생겨나는 생각과 감정은 모두 각자 다를 것이다. 따라서 이 책에서는 당시에 가졌던 생각이나 느꼈던 감정보다는 내가 하고자 했던 것, 내가 깨달은 점을 전달하는 데에 더욱 집중했다. 나와 조금은 혹은 매우 다른 해석과 생각을 하게 될 독자와의 만남을 기대하며 나의 이야기를 시작한다.

나나용

2022년 10월 어느 평범한 가을날에

차 례

가나에서 만난
부모님과 '나'

말 못 한 건
누구의 탓인가

나는 엄마가 서른 살, 아빠가 서른세 살, 시대 평균에 비해 서로 매우 느지막한 나이에 결혼해서 딱 1년 후에 낳은 장녀이다. 어릴 적 기억은 누구나 그렇듯 드문드문하게만 있다. 그러나 엄마가 알려주기를, 24개월 무렵부터 다 자란 아이같이 유창하게 말을 해 주변 사람들이 다들 놀라고 신기해했다고 한다. 아무래도 또래보다 말문이 꽤 일찍 트였던 모양이다.

내가 32개월쯤 되었을 때, 건축 대기업에 근무하던 아빠가 아프리카 가나로 발령이 나면서 우리 가족은 가나에서 살게 되었다. 가나로 이주하기 전에 나는 아마도 내가 사는 세상을 한국인의 얼굴과 한글을 기반으로 어느 정도 정립시켰던 것 같다. 그런데 웬걸, 하루아침에 모두가 흑인이고 내가 알아듣지 못하는 영어를 하고 있으니, 세상이 완전히 뒤집힌 셈이었다. 그래서인지 가나에 간 이후로 나는 집 밖에서 말을 하지 않기 시작했다. 아니, 말을 하고 싶지만 말을 하지 못 했던 기억이 선명하게 난다.

적응시키기 위해 엄마와 아빠는 나를 국제학교의 유치원에 보냈지만, 나는 유치원에서 말 한마디 하지 않았다. 집에 돌아

와서는 한글이든 영어든 유창했지만 말이다. 그런 탓에 영어 성적이 없어 유치원에서 유급당할 뻔했는데 아빠가, 내가 집에서는 영어를 잘 읽고 말한다며 선생님께 사정해서 겨우 초등학교 1학년으로 진급할 수 있었다. 말을 안 하는 내가 답답한 마음에 엄마와 아빠는 나를 자주 벌서게 했다. 그러면서 혼을 냈다.

왜 말을 안 해?

엄마가 속상하면서도 열 받은 목소리로 나를 다그치던 말이다. 하지만 누군가를 만나면 입이 안 떨어지고, 말하고 싶어도 목소리가 나오지 않았다. 당시 내가 겪었던 것은 어린이 불안장애의 일종인 선택적 함묵증이었던 것 같다고 차후에 듣게 되었다. 나는 다행히 스스로 견뎌내고 호전이 되어 이후에 말을 하기 시작했지만, 제때 치료받지 못하는 일부 아이들은 성장하면서 대인기피증이 생기거나 나중에는 아예 말을 못하게 된다고 한다. 후천적으로 말을 못하게 되는 것이다.

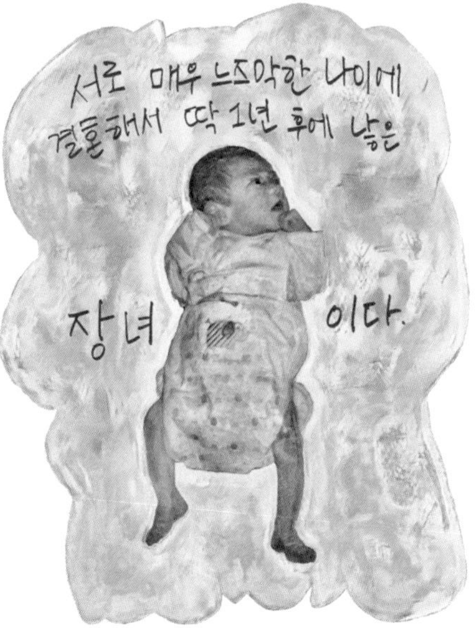

나는 당시에 왜 내가 말을 하지 못했는지 잘 모르겠지만, 한 가지 확실한 것은 말을 하지 않았던 것이 아니라 못 했던 거다. 돌이켜보면, 말을 하고 싶지만 내면의 무언가가 나를 가로막고 있는 기분이었다. 그런데도 동네 아주머니에게 인사를 안 했다고, 학교에서 말을 안 했다고 엄마 아빠에게 혼이 나고 벌을 서기도 했다. 이제와서 부모님을 탓하는 것은 절대 아니다. 그분들은 그저 당시로서 할 수 있는 최선을 다한 것뿐이었다고 생각한다.

우리는 늘 상대방이 힘들면 나에게 말을 해줄 것이라는 착각 속에 사는 것 같다. 그런데 정말 힘들면 말할 힘이나 능력조차 없을 수도 있다는 생각을 해본다. 나에게 향한 말이 아니더라도, 누군가를 위로하는 상황에서 종종 듣게 되는 "왜 말 안 했어?" "그런 일이 있으면 말을 했어야지"와 같은 말은 갈수록 듣기 싫어지는 것 같다. 힘든데 도움을 마다할 사람이 몇이나 될까. 힘들다는 표현을 안 한 경우보다는 못 한 경우가 훨씬 많을 거라고 생각한다. 그래서 나는 누군가 자신이 힘들었다는 이야기를 뒤늦게 할 때면, 당시에 말해주지 않았다는 사실에 탄식하거나 서운해하기보다는 내가 먼저 알아차리지 못하고 곁에 있어 주지 못했다는 사실에 대해 사과하려고 한다. 그것이 내 탓은 아니더라도 누군가에게 탓을 돌려야 하는 것이 사람이기에, 그 탓을 나에게 돌리는 것이 훨씬 마음이 편하다.

엄마 아빠의 꿈은 내 꿈이 아니야

유치원에 다닐 때는 말을 전혀 하지 않던 내가 초등학교 1학년 첫날부터 조심스레 말문을 떼었다. 1학년으로 진급해 등교한 첫날 선생님께 "hello(안녕하세요)"라고 말하며 속으로 굉장히 부끄러워하면서도 뿌듯했던 기억이 난다.

그렇게 말문을 튼 이후에는 학교 공부가 매우 쉽게 느껴졌다. 읽으면 바로 이해가 되었고, 특별히 기억하지 않으려고 해도 내용이 대부분 기억에 남았다. 수학도 엄마가 집에서 한 학년을 미리 공부시켰기 때문에 학교에서 배우는 수학은 식은 죽 먹기였다. 체육 빼고는 모든 과목에서 A+를 받는 것은 당연했고, 초등학교 저학년 때였을까, 영어 선생님은 더 이상 표현할 방법이 없어 성적표에 "A++"라고 표기해놓은 적도 있었다. 곧 나는 '우등생' '공붓벌레' '책벌레'로 학교와 한인 커뮤니티에 소문이 나버렸고 모두가 나를 이전과는 다르게 대했다. 조용하고 말이 없어 언제나 존재감이 작았던 내가 어느 순간, 엄청난 관심의 대상이 되어버린 것이다. 그러나 공부에 관한 한 쉽게 만족하지 못하는 부모님은 내가 시험에서 한 문제라도 틀리면 너무 아쉬워하고 실망스러워했다. "완벽할 수 있었는데……" 하면서 말이다. 그러고는 나를 꾸짖었다.

우리 가문의 영광이 되려면……!

그럴 때면 나는 속으로 화와 억울함을 억눌렀다. 부모님, 특히 엄마는 한국에서의 삶을 포기하고 내 학업을 위해 이 허허벌판인 가나라는 곳에서 생활하고 있다는 것을 어렴풋이 알고 있었기 때문이다.

황량한 땅 가나에는 한인이 몇 명 없어 서로가 일거수일투족을 다 알다 보니 그 누구와도 원수질 수 없었다. 아무리 작은 소식도 아주머니들 사이에서는 대사건이 되고, 마음에 안 드는 일이 있으면 뒤에서 사람을 잘근잘근 씹기 일쑤였다. 하지만 소문이 워낙 빠른 데다가 싫어도 또 마주쳐야 할 얼굴이기에 아무리 황당한 일이 있어도 웃으며 넘겨야 하는 곳이 바로 가나였다. 게다가 영화관, 연극 공연장, 전시회장이나 무언가를 배울 수 있는 문화센터 등 그 어떠한 문화생활 시설도 없었다. 첫 영화관은 2008년도에서야 생겼고, 언어 장벽으로 인해 이후에도 부모님은 영화관에 가는 걸 즐기지는 못했다.

엄마는 사실 가나에 가기 전에는 그 시대에 매우 드물었던 '커리어우먼'이자 '워킹맘'이었다. 당시 건축 대기업에 다니던 아빠보다 은행에 다녔던 엄마가 연봉이 더 높았다고 한다. 아이를 봐줄 사람이 없어 시댁에 나를 맡겼지만, 고부 갈등과 더불어 내가 엄마와 헤어질 때마다 자지러지게 우는 바람에 커리어를 포기하고 아빠를 따라 가나에 가기로 마음을 먹었다.

아빠는 좋아했겠지만, 외할머니와 외할아버지는 남자들만 붙는다는 은행원 대리 시험까지 합격한 똑똑하고 책임감 강한 장녀가 아프리카로 가는 것을 영 탐탁지 않게 여기셨다. 엄마는 은행에서 첫 여자 대리가 될 뻔한 인재였다. 그래서 엄마는 나를 잘 키우는 것에 더 집착했던 것이 아닐까 싶다.

엄마는 내가 공부를 잘하는 것 말고는 크게 행복을 느낄 만한 일이 없어 보였다. 그걸 아는 나는 매일 엄청난 압박감과 책임감을 견디며 더욱 열심히 공부했고, 부모님의 기대감은 내가 속으로 발버둥 칠수록 솟아올랐다. 가문의 영광이 될 것이라는 말, 그 말은 내게 동기부여가 되는 말이 아닌 너무나 두려운 말이었다. 만약 내가 엄마 아빠를 실망하게 한다면 얼마나 호되게 혼날지 상상하며 밤을 지새웠던 적도 있을 정도다.

지금의 나는 가문의 영광이라기에는 매우 평범한 삶을 살고 있다. 그래도 우리 모두 행복하지 않은가……. 적어도 나는 행복하다. 엄마는 어떨지 모르겠지만 엄마도 행복했으면 좋겠다. 반짝반짝 빛이 나는 영광을 누리지 못해도 얼마든지 행복할 수 있다는 사실을 미리 알았다면 내가 나 자신을 그렇게 태우지 않을 수도 있었을 텐데 말이다. 그래서 나는 조건부의 행복을 바라기보다는 나라는 존재 자체로 행복해지자고 수시로 다짐하곤 한다.

난 애어른이 아닌 어른 아이

나는 조용하고 또래보다 생각을 조금 더 많이 하는 듯 보여서 애어른이라는 소리를 유독 많이 들었던 것 같다. 그 누구보다도 편견이 없을 것 같은 초등학생인데다가 말수가 워낙 적은 탓에 입이 무거워 보이니 이보다 더 좋은 대화 상대가 없었나 보다. 어른들은 틈만 나면 나에게 걱정거리와 고민거리, 어떨 때는 불미스러운 이야기들을 털어놓기도 하고, 내가 있는데도 불구하고 서로 아주 자유롭게 대화를 나눴다. 심지어는 부부싸움을 하고 아빠가 집을 박차고 나가면, 엄마는 어린 딸인 나에게 아빠에 대해 하소연하며 내 생각을 궁금해했고 아빠는 나중에 술 한잔하고 들어와 자는 날 깨워 엄마가 왜 그런 것 같냐고 물었다.

다른 아이들 같았다면 질문으로 화답했을지도 모르겠다. 한참 '왜'가 궁금한 나이이니 말이다. 그런데 당시의 나는 지금 상대방에게 필요한 것은 가만히 들어주는 것이라고 강하게 느꼈었다. 어디를 가나 어른 대우를 받았고, 어린이임에도 불구하고 어린이가 할 법한 행동이나 실수를 하면 엄마에게 호되게 혼나곤 했다.

다 큰 애가 왜 그래!

이 말을 처음 들은 건 아마 48개월을 갓 넘었을 때였을 거다. 조금이라도 수줍어하거나 아이처럼 어리광을 부리면 어김없이 이 말을 들었다. 그리고 모든 아이가 그렇듯 엄마에게 혼나지 않으려고 애쓰다 보니 나는 어느 순간 아이이길 포기했던 것 같다. 나는 다른 아이들처럼 뛰어놀았던 기억이 거의 없다. 그리고 그것은 내가 워낙 내성적이고 책만 좋아해서라고 모두가 생각했다.

그런데 이제 와 생각해보니, 나는 어른들이 원하는 대로만, 애어른과 같이 행동했던 것 같다. 그 사실에 나는 탄식이 나온다. 그래서 애어른들에게 지금이라도 맘껏 자유롭게 달리라고 말해주고 싶다. 어른이 되면 정해진 방향으로만 달릴 수밖에 없으니…….

다른 아이를 낳았다면
질문은 안 했을지도 모르겠다.

안타깝게도 나는 애어른이었기 때문에 더 어른스럽다는 이유 하나만으로 늘 집안의 뒤치다꺼리를 도맡아왔다. 속으로는 다 내려놓고 손 놓고 바라만 보고 싶었던 때가 한두 번이 아니다. 아무도 어른답게 행동하지 않는 상황에서 나라도 성숙한 행동을 해야만 할 것 같아, 희생하더라도 내가 더 어른 같은 선택, 행동, 그리고 말을 하려고 했다.

나는 모두가 마음속으로는 어린아이와 같이 행동하고 싶으리라 생각한다. 마음은 모두 비슷하지만, 누가 더 용기를 내 성숙한 행동을 하는지의 대결인 것 같다. 그리고 승자는 반짝이는 영광의 금메달을 받기보다는 메달의 묵직한 무게만을 떠안게 된다. 언젠가부터 우리 집에서는 누군가가 나서서 책임을 져야 하는 일이 생기면 내가 어른인 척하며 해결하고 있었다. 그렇게 나는 어른의 탈을 쓴 아이가 되어버렸다.

부모님이 물려준 유산

어릴 적에 나는 엄마의 통제하에 살았다. 대다수의 한국 아이들이 그렇듯 말이다. 특히나 가나라는 곳의 특성상 차를 타지 않으면 이동할 수가 없었고, 당시에는 아이들이 흔히 들릴 만한 매점 조차 없었다. 어디를 가든 무엇을 하든 사소한 행동 하나까지 부모님의 감시 아래서 이루어졌고, 대학교 기숙사 앞에서 가족과 헤어질 때까지 나에게는 그 어떤 자유나 선택권이 주어지지 않았다.

그래서였을까. 나는 끊임없이 탈출구를 찾았다. 한국에서 또래 친구가 이민을 오면 마음을 다해 친해지려고 했다. 조금이라도 엄마 아빠의 감시가 느슨해진 것 같으면 당시에 유행하던 컴퓨터 게임을 하거나 학교 도서관에서 빌려 온 소설책을 읽었다(표지가 재미있어 보이는 책을 읽고 있으면, 공부에 도움이 되는 책을 읽으라고 부모님이 잔소리하셨기 때문이다). 뭐라도 공부와 통제가 아닌 다른 것이 필요했다.

내가 너무 놀았다거나 오래 쉬었다고 느껴지면 엄마 아빠가 말하곤 했다.

남들은 그래도 너는 그러면 안 되지.

왜 나는 그러면 안 되는가. 오랫동안 고민했다. 왜 남들은 그래도 되고, 나는 그러면 안 되는지. 엄마는 쟤네들은 그래도 너는 그러면 안 된다고 자주 충고했다. 어느 정도 맞는 말이다. 남들이 윤리에 어긋난 행동을 한다고 내가 하는 비윤리적 행동이 절대 합리화되지 않는 것처럼 말이다.

그런데 나를 괴롭혔던 것은 비윤리적인 행동에 대한 것이 아닌 아주 평범한, 엄마 아빠가 바라는 이상적인 행동을 벗어날 때에 관한 이야기였다. 공부를 잠깐 하지 않는다는 것이 그렇게 해서는 안 될 일이었던가? 내가 하고 싶은 평범한 것들을 할 충분한 권리와 이유가 있었는데도 말이다.

그런 탓에 나는 규칙적인 생활을 하면서도 마음은 어지러웠고, 강한 통제 속에서 자유만을 갈망하는 일상을 살았다. 부모님이 너무나 미웠고 아직도 그렇다. 엄마를 떠올릴 때면 함께 따라오는 이 감정이 사랑인 건지, 미움인 건지, 지난날에 대한 후회인 건지… 도무지 알 수가 없다.

그렇게 오랜 시간 감정을 억누르며 살아온 탓이었을까, 대학에 가서는 심각한 우울 상태에 빠졌다. 상처가 곪아 터진 듯 우울함이 너무 심해서 삶에 대한 의지가 없었다. 아마도 기질적으로 우울한 성향이었던 데다 오랫동안 감정 표출을 못 하면서 살다 보니 뒤늦게 우울 장애가 완전하게 발현된 듯했다. 그렇게 나는 주요우울장애를 진단받았고, 이후에는 우울 장애가 아닌 양극성 장애로 드러났지만, 오랫동안 치료와 상담을 병행하며 지금은 매우 안정적인 생활을 유지하고 있다.

내가 우울 장애를 앓게 된 것에 대해 이제 와서 부모님을 탓하는 것은 절대 아니다. 처음에는 원망이 스멀스멀 피어올랐지만, 부모님이 알고 그랬던 것은 아니니까 말이다. 부모님은 부모로서 최선을 다했던 것이고, 그 방식이 내게 안 좋은 영향을 끼쳤을 수는 있겠지만 덕분에 나는 가나에서 학비가 매우 비싼 국제학교에 다니고, 남들은 평생 한 번도 못 가볼 수 있는 가나라는 곳에서 소위 말해 '글로벌'하게 지냈다. 좋은 영향이든 나쁜 영향이든, 사랑이든 집착이든, 이 모든 것은 우리 부모님이 물려준 일종의 유산이라고 생각한다.

그래서 부모님을 원망하는 대신 오히려 엄마 아빠의 가나 생활을 조금이나마 즐겁게 해준 나 자신이 대견하다. 내가 지금껏 살아온 생을 다시 반복하기는 싫지만, 만약 다시 태어나서 또 한 번 살아내야 한다면, 나는 그때도 우리 엄마 아빠의 딸이 되고 싶다. 부모님 밑에서 자라며 여러 힘든 일들을 겪었지만, 내가 남을 위하는 마음 또한 엄마 아빠의 큰 유산이었기 때문이다.

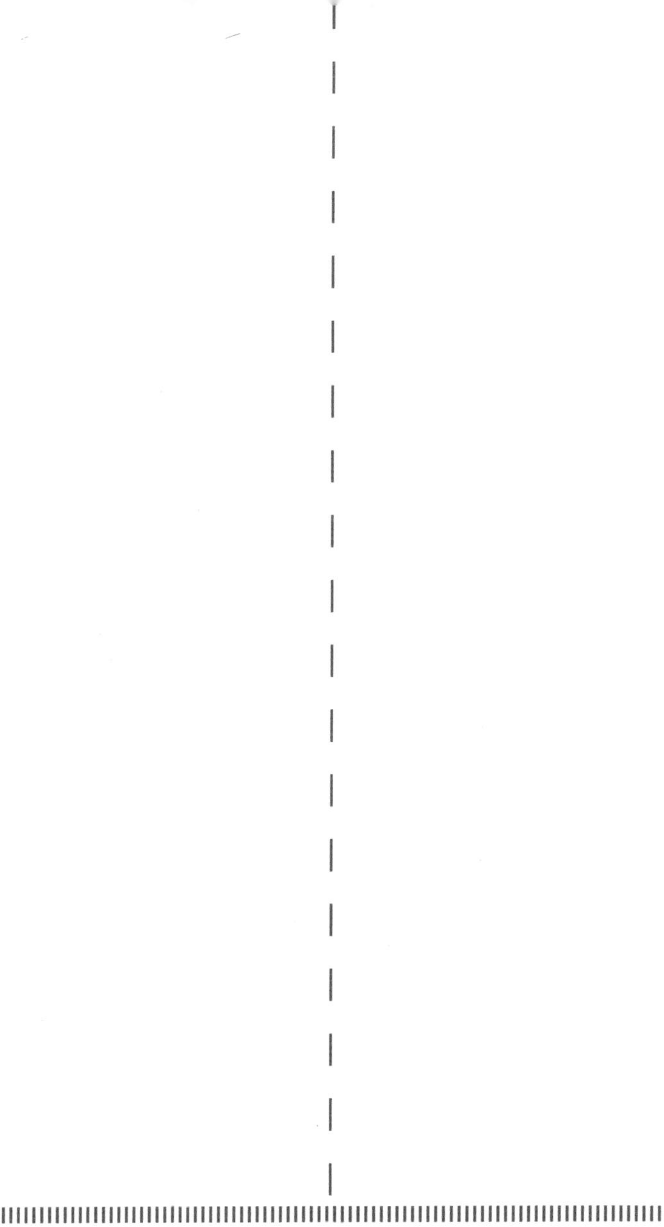

모든 걸 남에게
줄 수도 있더라

우리 엄마 아빠는 이타적인 모습을 자주 보였다. 아빠는 누가 힘들다며 돈을 빌려달라고 하면, 안타깝고 안되었다며 돈을 통 크게 빌려주었다. 그러나 정작 우리 가족은 돈이 없어서 외식 한번 못 하던 때도 있었다. 엄마는 희생적인 성향이 매우 도드라지는, 마음이 약한 사람이었다. 고부 갈등 스트레스로 아빠와 크게 다퉈도, 돌아서면 금세 아빠가 착취적인 부모를 만나 얼마나 불쌍하냐며 마음 아파했다. 도대체 어느 장단에 맞춰야 할지 모를 때가 많았다. 그리고 조금이라도 감성적인 이야기를 하거나 방송에서 감동적인 사연이 나오면 여지없이 눈물을 글썽였다. 하지만 엄마는 신기하게도 눈물을 절대 떨구지는 않았다. 약한 모습을 보이는 것이 싫었나 보다.

엄마는 그렇게 마음이 약하고 이타적이면서도 큰딸인 나의 대해서만큼은 과하게 이기적이었다. 자식이 잘되기를 바라는 부모의 욕심이었을까, 아니면 본인의 커리어를 포기해야만 했던 아쉬움을 달래려는 것이었을까. 엄마는 내가 공부를 조금이라도 게을리하는 것 같으면 입버릇처럼 말했다.

공부해서 남 주는 것 아니잖니!

그런데 나는 공부해서 남을 주고 싶었다. 남에게 무엇을 주고 그 사람이 행복해하는 모습을 볼 때 성취감이 가장 높다. 아마도 엄마 아빠의 성향을 그대로 타고난 것이 아닐까 싶다.

엄마 아빠가 이야기하는 '사'자 직업을 가져 성공해 돈을 많이 벌고 능력 있는 남편 얻어 자식을 비싼 학원에 보내기보다는, 돈은 많이 못 벌지언정 콩 한 조각도 함께 나눠 먹는 삶을 살고 싶었다. 엄마 아빠가 꿈꾸는 판사, 의사, 어엿한 기업의 대표인 사위보다는 나뭇가지가 꺾이는 것을 마음 아파할 줄 아는 남자, 그리고 일, 부모, 자식보다 나를 더 사랑하는 남자를 만나고 싶었다. 다행히도 나는 딱 내가 그리던 남자를 만나 어린 나이에 결혼했다.

대학교 선후배로 만났던 우리는 2010년도부터 만남을 지속하다가 사귄 지 7년 되던 해에 결혼했다. 이제 서로 만난 지

13년 차에 접어들었지만, 요즘도 눈을 마주치면 왠지 모르게 재미있다. 머리 꼭대기까지 화가 차올라서 싸우다가도 공손하게 모은 두 손과 미안해하는 눈을 보면 그 모습이 웃기고 어이없어서 피식하게 된다. 웃으면 싸움에서 지는 것을 뻔히 알면서도 새어 나오는 웃음을 참을 수가 없어 입꼬리부터 씰룩거린다. 부부싸움은 칼로 물 베기라더니…… 우리가 그렇다.

사실 내가 가방끈이 더 길고 연봉도 아직은 내가 더 높아 남들 눈에는 내가 더 나아 보일 수 있겠다. 그러나 그는 내가 그를 사랑하는 것보다 나를 더 사랑해주고, 나를 위해 꾸준히 노력한다. 늘 나를 위해 변화하고 성장하는 사람이다. 고양이가 몸 개그 하며 꽈당 넘어지는 영상을 보고는 남들은 귀엽고 재미있다며 '좋아요' 버튼을 누르지만 내 남편은 아팠겠다며 영상 속 고양이의 작은 아픔도 마음을 다해 어루만진다.

엄마 아빠에게 공부해서 남 주는 것이 아니라고 누누이 들었지만 우리 부부는 공부해서 얻은 것이든, 일해서 얻은 것이든 남과 나누는 삶을 살고 있다. 내가 대학원생이던 시절, 남편의 쥐 눈곱만한 월급으로 내 동생까지 세 명이 함께 살아야 했을 때도 우리는 아동복지시설에 유행하는 장난감과 옷 등을 사서 후원했다. 마이너스 통장이 거의 한계에 다다랐는데도 크리스마스나 어린이날이 되면 시설의 아이들에게 선물을 꼭 보냈다.

남들이 보면 현실감각도 없고 무모해 보일 수도 있겠다. 그러나 우린 나눔 그 자체에서 큰 행복을 느꼈다. 게다가 이미 1

천만 원 적자인데 고작 20만 원을 더 후원한다고 뭐가 달라지겠는가 싶기도 했다.

결국 나는 엄마의 말은 틀렸다고 결론을 냈다. 공부해서 충분히 남에게 줄 수 있다. 공부해서 남 주는 게 오히려 내게는 큰 행복이기도 하다. 그렇지만 그 말을 해준 엄마에게 무진장 감사하다. 엄마는 자신을 포함한 모든 것을 태워 다른 이들의 길을 밝혀주던 사람이다. 모두의 든든한 버팀목이 되기 위해 자신을 기꺼이 희생했고 촛불처럼 환하게 불을 비추다 결국 스스로 더 이상 버티지 못해 먼저 우리의 곁을 떠났다. 딸만큼은 이기적으로, 꿈을 펼치며 살았으면 하는 마음에서 그런 말을 했던 거라는 걸 나는 이제야 깨달았다.

엄마 덕분에 나는 때로는 이기적이면서도 때로는 이타적인 사람으로 성장했다. 자신을 모조리 다 태우지 않는, 나와 남 그리고 우리를 위한 균형 잡힌 삶을 살게 해준 엄마가 정말 고맙다.

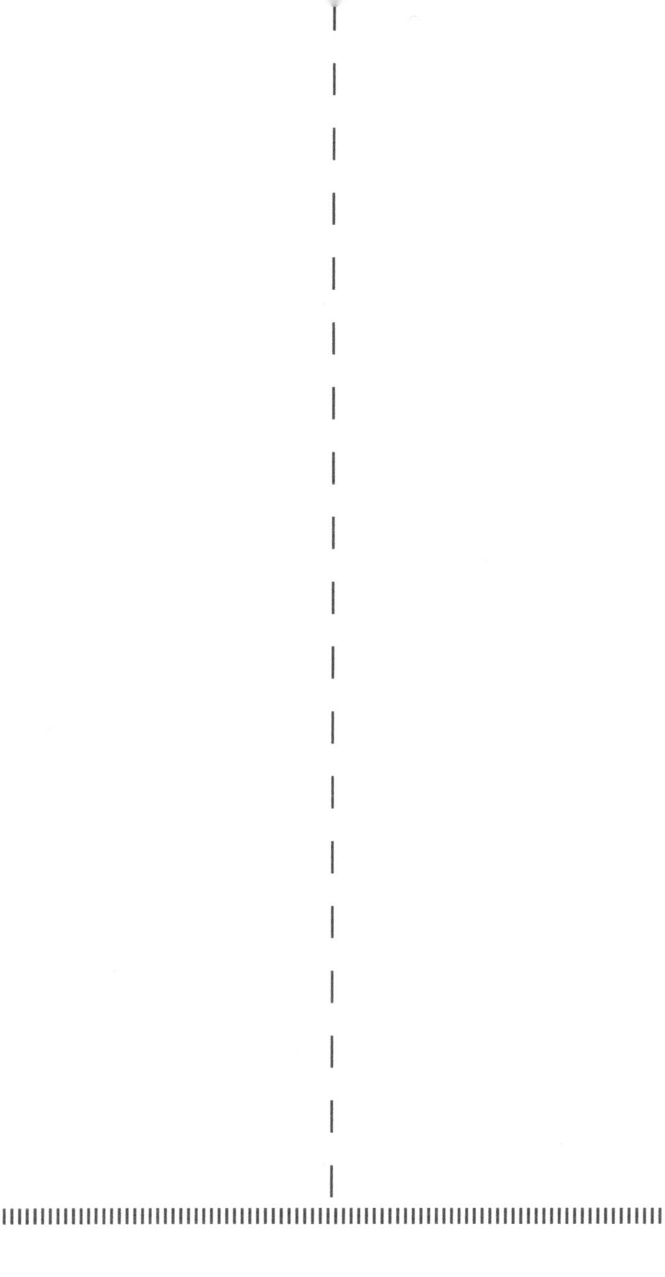

미국에서 깨달은 사랑

아끼고 싶지 않은 그 말

미국 보스턴으로 유학을 떠나기 전 고등학교 졸업식 날이었다. 학교에서는 저녁 파티를 준비했고 각 학생이 부모님에게 감사 인사를 드리는 즉흥 이벤트를 열었다. 세계 곳곳에서 온 친구들은 각자 자신의 나라말로 부모님께 감사의 인사와 사랑한다는 말을 했고, 곧 내 차례가 되었다. 나는 손으로 마이크를 잡고 그동안 학교 보내주셔서 감사하다고, 앞으로 잘하겠다고 말했다. 그리고 마지막으로 매우 떨리는 목소리로 "엄마 아빠 사랑해"라며 마무리를 지었다. 사실 다른 학생들은 모두 부모님에게 사랑한다고 말하는데 나만 하지 않으면 엄마 아빠가 서운해할까 봐 그런 것도 없지 않았다. 그런데 그때 엄마에게 사랑한다고 말하지 못했다면 평생 못 해볼 뻔했다. 그 이후로는 기회가 없었을뿐더러 엄마가 몇 년 후에 돌아가셨으니 말이다.

내 기억 속에서 나는 엄마 아빠에게 언제나 무뚝뚝한 딸이었다. 서로 성향도 안 맞는 데다가 늘 엄마 아빠에게 억압당해 왔기 때문에 살가울 틈이 없었다. 엄마가 무엇을 물어보면 단답형으로 대답했고, 아빠에게는 늘 투덜대고 화를 냈다. 내가 말보다는 행동이 더 중요하다고 생각하는 사람이기 때문이기도 했다. 그래서 말은 뾰족하게 해도 엄마와 아빠를 늘 챙기려고 애썼다.

엄마 아빠와 싸우고 나면 늘 마음이 안절부절못했다. 화나는 말을 해서 나도 함께 화를 냈다 한들, 엄마나 아빠가 상처받았을 생각에 언제나 마음이 편치 않았다. 그렇지만 미안하다고 사과하기에는 자존심이 상했기 때문에 먼저 다가가서 행동으로 기분을 풀어주려고 했었다. 커피믹스를 자주 마시는 엄마에게 커피를 타 툭 건네주기도 하고, 영화를 좋아하는 부모님을 위해 최신 한국 영화를 구해 텔레비전으로 틀어주기도 했다. 그렇게 나의 방식으로 사랑을 표현했고 그거면 충분하다고 생각했다.

나는 말, 특히 사랑한다는 말이 얼마나 위로가 되는 말인지 그동안 모르고 살았다. 부모가 자식을 사랑하는 것은 당연하기에 그 말을 엄마 아빠에게 직접 들어본 기억이 없다는 것에 대해 별로 신경 쓰지 않았다. 그래서 대학교 기숙사 앞에서 가족들과 헤어지고 처음으로 홀로서기를 하던 날, 기숙사 책상에서 발견한 작은 포스트잇에 엄마가 적어놓은 짤막한 글은 몇 년간 크게 와닿지 않았다.

그러나 엄마가 돌아가신 이후에 그 포스트잇을 다시 꺼내 보았고, 그때부터는 사진을 찍어 항상 핸드폰에 지니고 다니며 힘들 때나 생각날 때 한 번씩 읽어본다.

사랑하는 나의 딸, 용래야!

- 우리 용래가 엄마, 아빠의
딸이어서 항상 기쁘고 자랑
스럽단다. 엄마가 너를 위해
기도 많이 할께.
하나님의 은총과 은혜가 네
삶에 임하도록.... 천군천사가
너를 눈동자처럼 지켜주실거라는
강한 믿음을 갖고 생활해라.
건강하고, 밥도 잘먹고, 공부도
치열하게 열심히 하고, 좋은
사람들도 많이 만나고, 너의

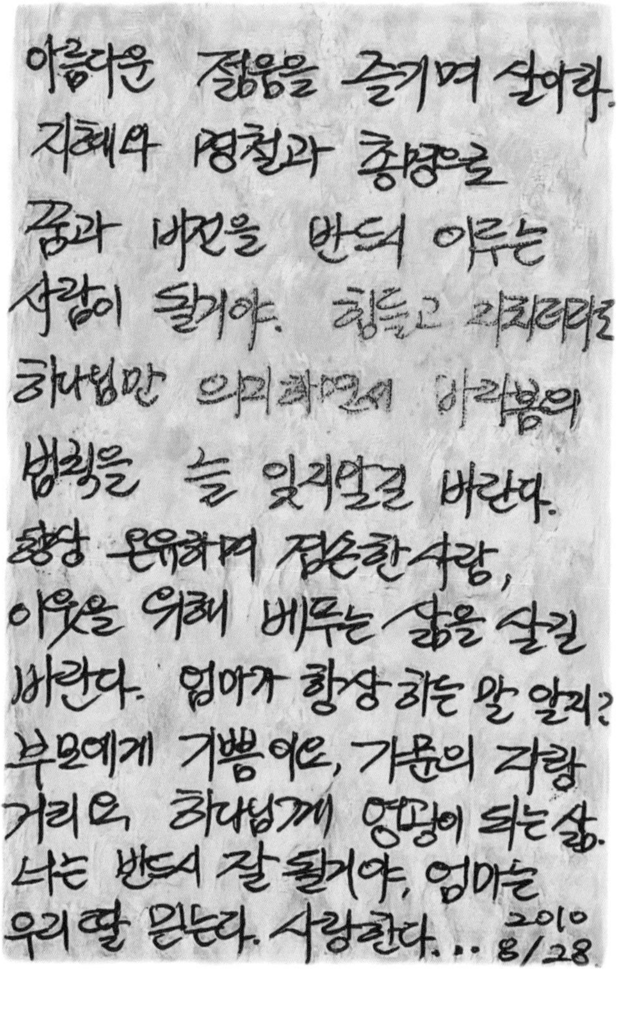
아름다운 젊음을 즐기며 살아라.
지혜와 명철과 총명으로
꿈과 비전을 반드시 이루는
사람이 될거야. 힘들고 지치더라도
하나님만 의지하면서 바라봄의
법칙을 늘 잊지말길 바란다.
항상 온유하며 겸손한 사람,
이웃을 위해 베푸는 삶을 살길
바란다. 엄마가 항상 하는 말 알지?
부모에게 기쁨이요, 가문의 자랑
거리요, 하나님께 영광이 되는 삶.
너는 반드시 잘 될거야, 엄마는
우리 딸 믿는다. 사랑한다... 2010 8/28

엄마의 사랑한다는 말은 나를 아직도 서 있게 하는 하나의 버팀목이 되었다. 힘들 때 누군가가 여전히 나를 믿어준다는 사실, 어떤 일이 있어도 나를 사랑해준다는 것은 내가 넘어졌을 때 스스로 다시 일어날 수 있는 강력한 힘을 준다. 그래서 나는 그 사실을 잊지 않도록 내 왼쪽 발목에 엄마의 글씨를 본떠 문신으로 새겨놓았다.

우리 딸 믿는다. 사랑한다.

인생길을 걷다가 발목이 삐끗해서 넘어질 때, 넘어진 길바닥을 바라보는 게 아니라 내 삐끗한 발목에 새겨진 문구를 보고 나는 다시 일어나려고 한다. 행동이 따르지 않는 말뿐인 사람은 남에게 상처를 주기 마련이다. 하지만 말도 행동으로 보여주는 것만큼이나 중요하다는 것을 알게 되었다. 행동은 머릿속 하나의 기억으로 남지만, 와닿는 말 한마디는 내 마음에 새겨지기 때문인 것 같다. 그래서 나는 내 마음을 표현하는 좋은 말, 특히 사랑한다는 말은 앞으로 아끼지 않으려 한다.

언제부터 사랑이었던 걸까?

미국에서 내 인생을 크게 바꿔놓은 것 중 하나는 남편을 만난 것이다. 우리는 2010년도에 대학 선후배로 만나 2017년도에 결혼했다. 다정다감하고 배려심 넘치는 남편은 나에게 사랑한다는 말을 전혀 아끼지 않는다. 물론 행동으로도 충분히 보이기 때문에 그 말의 진실성이 뒷받침되는 증거들이 일상에서도 많다. 그런데 처음 남편에게 사랑한다는 말을 들었을 때, 그 말을 전혀 믿지 못했던 기억이 난다.

만남을 시작한 지 약 80일 정도밖에 되지 않았는데 사랑한다고 말하다니, 나로서는 정말 이해할 수가 없었다. 나에 대해 아는 것도 많이 없는 사람이 나를 사랑한다고 말하는 게 웬일인가 싶었다. 그래서 화가 나서 진짜냐며 몰아세웠다. 그러고는 다시는 맘에도 없는 말을 하지 말라며, 다음번에 사랑한다고 말할 때는 진심이었으면 좋겠다고 했다.

사랑을 해본 적이 없어서 좋아하는 감정이 한순간에 사랑으로 전환된다고 생각했던 것 같다. 그런데 살다 보니 사랑이란 하나의 감정이라기보다는 여러 감정이 차곡차곡 쌓여 사랑이라고 느껴지는 것임을 알겠다.

우리는 사귄 첫날부터 거의 날마다 다퉜지만 한 번도 진지하게 헤어질 생각을 해본 적은 없다. 아무리 화가 머리끝까지 차올라도 이 사람과 함께 못 하겠다고 쉽게 생각해버리지 않은 이유는 화가 난 부분에 대해 인정하고 개선하려는 노력과 서로에 대한 배려가 있었기 때문일 것이다.

연애 초기에는 당시의 남자친구를 보면 미묘한 감정이 들었다. 애증이랄까, 좋은 감정을 가지고 있지만 내가 싫어하는 행동을 하는 걸 보면 화가 조금씩 차올랐다. 그러나 시간이 지날수록 점차 개선되는 걸 보니 남자친구가 기특하게 느껴졌고, 사소한 부분에서도 나를 먼저 배려하는 모습에 자주 감동했다. 내 생각이 그에게 물들고, 그의 생각이 나에게 번지는 속 깊은 대화들이 오가며 13년간 우리는 꾸준히 서로를 알아가는 중이다. 그러는 사이 어느 순간 우리는 서로 사랑에 빠졌나 보다.

이제 남편 없이는 일상생활이 힘들 정도로 우리는 서로에게 엮여 있다. 함께한 긴 시간을 증명하듯 서로 동작이 착착 맞고, 좁은 주방에서도 동선이 겹치지 않으면서 요리며 설거

지를 모두 함께해낸다. 두 개의 실이 꼬여 하나가 되듯, 우리도 이제 하나가 된 셈이다. 떼려야 뗄 수 없는 사이가 되어 사소한 일상뿐 아니라 때때로 느끼게 되는 기쁨, 슬픔, 아픔의 감정들, 나아가 삶 전체를 서로 나누고 있다.

13년을 함께 걸어온 길의 어느 지점부터 사랑이었던 걸까. 어쩌면 사랑이란 정확한 시작점이 없는 게 아닐까. 시간을 두고 서로 나눠온 감정과 경험, 생각과 대화, 배려와 아낌에서 이루어진 것이 우리의 사랑인 것 같다.

오늘도 내 남편은 집안일을 분주히 하다가 갑자기 멈추고 내게 말한다.

여보, 사랑해.

지나가는 말이라도 마음에서 우러나오는 진심인 걸 안다. 나는 귀찮아서 가끔은 말로 대답하지 않을 때도 있다. 사랑하는 마음만큼이나 귀찮은 마음 또한 진심이라는 걸 남편도 잘 알기에 그럴 때 나는 사랑의 텔레파시로 답을 대신한다.

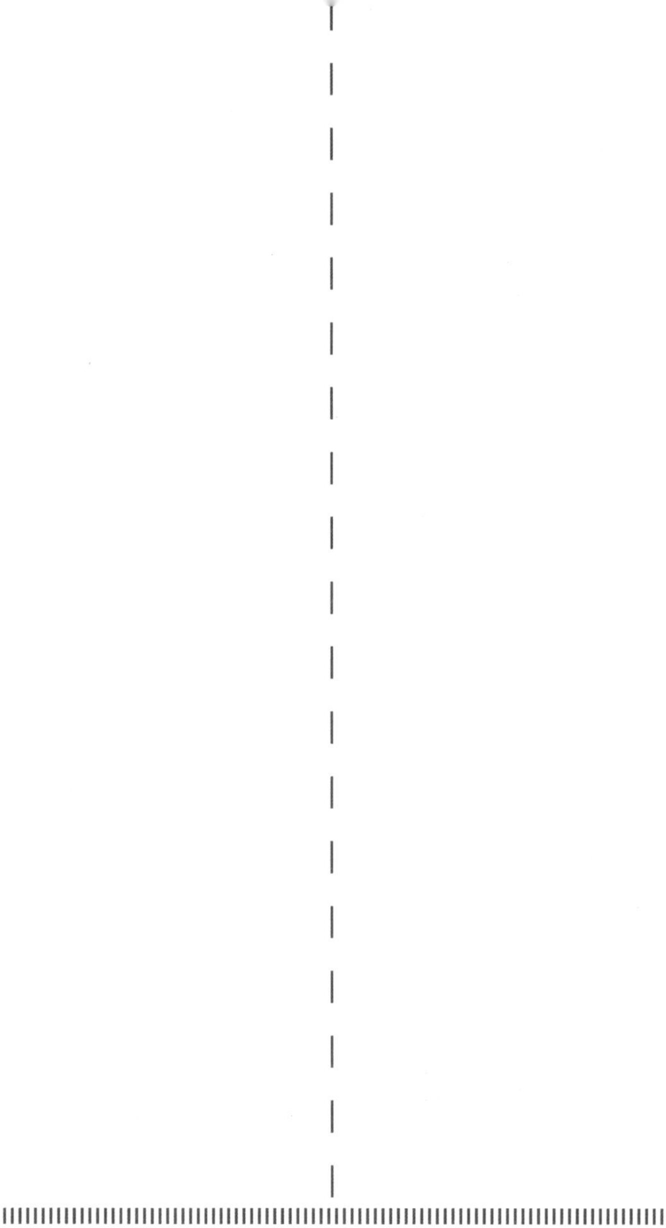

희생과
사랑은 별개야

내가 미국에 있을 때도 우리 엄마 아빠는 여전히 고부 갈등 때문에 자주 다퉜다. 엄마는 나에게 가끔 전화기 너머로 하소연했다. 너희 아빠는 부모에게 너무 희생적이어서 탈이라며 말이다. 하늘이 내린 효자라며 비꼬듯 말하기도 했다.

아빠는 어려서부터 가장 노릇을 했다. 아빠의 아버지는 일하지 않으셨고, 아빠의 어머니는 국밥 장사를 하며 아이 넷을 키우셨다. 장남인 아빠는 고등학교를 졸업하자마자 건축 대기업에 취직하여 돈을 벌어 집안을 먹여 살리다시피 했다. 그렇게 아빠는 본인의 부모와 동생들에게 희생하며 살아왔다. 결혼해서 가나로 이주한 이후에도 머나먼 그곳까지 돈이 필요하다고 연락이 오면 수수료가 얼마든 간에 곧바로 푼돈이라도 보내곤 했다. 엄마에게는 돈이 없다며 생활비를 주지 않는 상황에서도 말이다. 어렸을 때는 그런 아빠를 보며 '본인의 부모와 동생들을 굉장히 사랑하나 보다'라고 생각했다.

내가 미국에서 유학하던 시절, 아빠는 용돈을 정말 조금씩 보내주었다. 아니, 안 줬다는 표현이 더 정확한 것 같다(처음 기숙사 앞에서 헤어질 때 줬던 돈을 제외하면 말이다). 성격상 나는 학비와 필요한 월세만 요청했고, 아빠는 한 치의 오차도 없이 딱 그 금액만 보내주었다. 센트(달러의 소수점 단위)까지 맞춰서 보내주었던 기억이 난다.

내가 생활비가 없어 현재 남편이 된 당시의 남자친구가 나를 먹여 살리다시피 했다. 둘이 정말 집만 있는 거지같이 생활했다고 해도 과언이 아닐 정도로 몇 개월씩이나 패스트푸드점에서 1인분을 포장해 와 집에서 나눠 먹으며 살았다.

그때를 떠올리면 아빠는 내가 충분히 원망해도 되는 사람이라는 생각도 든다. 그렇지만 아빠가 나를 사랑한다고 해서 나를 위해 희생해야 한다고는 생각하지 않기 때문에 그러지는 않는다. 아빠는 자기 부모와 형제들에게 희생하기로 선택했고, 아내와 자식들을 사랑하지만 희생정신을 보이지는 않았다. 사랑하지 않는 것이 아니라 그저 희생하지 않는 것뿐이다. 희생과 사랑은 별개니까 말이다.

나는 아빠가 자기 부모와 형제들을 진정으로 사랑하는지 의문이 들기 시작했다. 기본적으로 사랑이라는 감정이 깔려 있겠지만 그보다는 책임감, 집착, 자격지심, 측은함, 연민이 더욱 큰 것처럼 보인다. 이런 감정들 때문에 자꾸만 아빠는 희생하게 되는 게 아닐까. 언젠가 내가 이 이야기를 꺼냈을 때 아빠는 내게 하찮은 변명을 했다.

할머니가 옛날에 얼마나 고생한 줄 아니?

아빠의 엄마가 고생해서 나도 유학 가서 잇따라 고생하게 되었나 보다. 한동안 아빠의 그 말이 나에게는 굉장한 상처였다. 고생한 부모에게는 꼬박꼬박 용돈을 수십 년간, 하물며 지금까지도 넉넉히 보내면서, 타지에서 다른 친구에게 빌붙어 사는 딸에게는 정확히 월세와 학비만 보냈으니 말이다. 이제는 아빠가 나를 사랑하지 않는 것은 아니라는 걸 받아들였고, 그 상처를 극복하는 것 또한 내 의지에 달린 일이라 생각하게 되었다. 아빠는 앞으로도 이전과 같이 행동할 것이 분명하니, 나는 더 이상 상처받지 않기로 선택했다.

한국에서 난 생채기와 내가 택한 길

상처에 머무를지는
내가 선택하는 거야

미국에서 대학을 졸업한 후 나는 1년 동안 일하며 머무를 수 있는 비자를 발급받았다. 마침 졸업식 날 그전에 면접 봤던 곳에서 합격 통지를 받았고 1주일 후부터 출근하기 시작했다. 그곳에서 1년을 일하며 지냈지만, 미국 정부에서 신청자를 무작위로 선정해 발급해주는 워킹(working) 비자는 안타깝게도 받지 못해, 미국에 간 지 5년 만에 반강제적으로 한국에 들어오게 되었다. 사실 5년을 사귄 남자친구와 장거리 연애를 하며 미국에서 지내는 것도 매우 힘든 상황이었기 때문에 이 상황을 마냥 나쁘게 생각하지는 않았다. 특히 미국에서는 의료보험이 없어 우울한데도 전혀 치료를 못 받고 있던 터라 한편으로는 잘되었다고 생각했다.

한국에 들어와 직장을 다니며 본격적으로 주요우울장애 치료를 받기 시작했다. 그리고 그사이 가나에 계셨던 엄마가 급작스럽게 돌아가셨다. 생전 몸이 아파도 아프다는 내색조차 하지 않던 엄마였는데, 몸이 많이 안 좋아서 한국에 들어오려고 한다는 전화 통화를 한 지 3일 만이었다. 너무 갑자기 벌어진 일이라 뭔가를 생각할 겨를도 없이 곧바로 가나로 날아가

장례를 치렀다.

그 후로 나는 우울 증세가 훨씬 심각해졌고, 이는 정신 병리에 대한 심리학적 접근을 다루는 학문인 임상심리학에 대한 관심에 불을 지폈다. 나는 대학원에 진학하겠다며 대책 없이 일을 그만두고 대학원에 갈 준비를 시작했다. 하지만 내 모교는 미국에 있었고, 전공도 관련 없는 생물학인데다가 아는 교수님이 단 한 명도 없었다. 게다가 내 대학 성적은 당시 우울했던 탓에 너무 엉망이어서 대학원에 합격하는 것은 하늘의 별 따기처럼 보였다.

나는 어떻게든 될 것이라는 마음으로 일단 임상심리학 교수님들의 연락처를 인터넷으로 모두 찾았다. 그러고는 모든 교수님께 무턱대고 메일을 보냈다. 내가 왜 임상심리학에 관심을 두게 되었는지 적나라하게 썼고, 대학교 성적이 왜 그렇게 엉망인지에 대해서도 변명하지 않고 있는 그대로 설명했다. 마지막으로 혹시 잡일이라도 괜찮으니 연구실에서 일을 해봐도 되겠냐고 여쭤보았다. 어떤 교수님께서는 끝끝내 답변이 없으셨고, 어떤 교수님께서는 안타깝지만 할 만한 일이 없다며 메일로 응원만 해주셨다. 그리고 두 명의 교수님께서는 연구실에서 일하게 해줄 테니, 얼굴을 보고 얘기하자고 답변을 보내주셨다. 당시에 나는 심리학이 학부 전공이 아니라는 점을 극복하기 위해 학점은행제로 심리학 학점을 따고 있었다(심리학 전공이 아닌 경우 특별한 사유 없이는 임상심리학 대학원에 입학할 수 없다고 많은 학교 홈페이지에 적혀 있었다). 시간을 쪼개 두 연구실에서 일도 하기 시작했다. 그런 노력 끝에 결국 한 연구실에 일반 대학원생으로 합격하게 되었다.

대학원 생활은 역시나 쉽지 않았다. 진학한 후 알게 된 사실인데, 내가 들어간 연구실은 학업량과 연구 관련 일이 어마어마하게 많기로 학계에 소문이 자자한 곳이었다. 그 연구실 생활을 견디고 졸업하면 어디서든 견딜 수 있다는 게 검증이 될 정도였다. 하지만 대학원에 진학했을 때, 2년이 이미 훌쩍 지난 엄마의 죽음에서 나는 아직도 헤어 나오지 못한 상태였다. 내 마음속에서는 시간이 전혀 흐르지 않았던 것인지 나날이 더 불행하게 느껴졌다.

이런 상태로 대학원을 다니게 되니 학업과 연구실 업무를

제대로 수행하지 못했고, 대학원 선후배들도 그런 나를 탐탁지 않아 했다. 안 되겠다 싶어 심리 치료를 받기 시작했고, 부서진 내 조각들을 다시 정성들여 하나하나 붙여주신 상담 선생님의 도움을 많이 받았다. 그때 해주신 말씀들이 참 주옥같아 지금도 가끔 꺼내 보곤 한다.

어느 날은 대학원을 다니는 게 너무 지치고 힘들어서 더 이상 다닐 수가 없을 것 같다고, 어떻게 해야 할지 모르겠다며 울상을 지었더니 상담 선생님께서 다음과 같이 말씀해주셨다.

"당신은 버스 운전기사로 취직해서 처음 버스 운전법을 배우고 있어요. 운전을 이미 할 줄 아는 운전기사 선배가 뒤에서 이래라저래라 잔소리하고 있어요. 굳이 필요 없는 지시까지 하고 있어요. 그런데 그 지시를 따를지 말지는 당신의 선택이에요. 버스가 안전하게 잘 가게 하는 것, 사고가 나지 않게 하는 것은 선배 운전기사의 책임이 아니라 당신의 책임이에요. 교수님, 선배들, 동료들이 안 좋은 소리를 하거나 따가운 눈초리를 주는 것에 대해 신경을 쓸지, 그들의 말을 들을지는 당신의 선택이에요.”

당신은 어떻게 하실 건가요?

나는 상담 선생님의 이야기를 듣고 마음에 짙게 꼈던 안개가 걷히는 느낌을 받았다. 그동안 나 스스로 괴롭기를 선택했던 것이 아닐까 하는 생각이 들었고, 이제부터는 누가 뭐라고 하든 악착같이 버티고 신경 쓰지 말아야겠다는 결심을 했다. 그때 이후로 나는 그 누구의 비판이나 안 좋은 말에도 휘둘리지 않으려고 한다. 그 말을 부정적인 측면에서만 곱씹기보다는, 어떻게 하면 내가 그 말을 받아들여 나 자신을 개선할 수 있을지 생각하려고 한다.

또한 내가 받아들일 만한 상황에서, 조언받아도 될 만한 사람에게 이야기를 들은 것인지를 먼저 판단하게 되었고, 내 정신 상태에 따라서 그 말을 지금 당장 곱씹어볼지 아니면 일단 간직만 해놓을지를 선택하려고 한다. 그 어떤 말이든 내가 배울 점은 있을 것이라는 생각에 한번 들은 조언이나 나에 관한 이야기는 되도록 기억하려고 하지만, 지금 내가 받아들일 정신적 여유가 없다고 판단되면, 우선 기억해놓기만 하고 나중에 마음의 여유가 생길 때 다시금 꺼내 보곤 한다.

결국 어떤 이야기를 누구에게 듣든, 내 인생은 내 책임이고 행복하게 잘 사는 것도 내 선택인 것을 깨달았다. 그리고 행복은 돈, 편안한 직업, 좋은 집과는 별개인 것도 드디어 알았다. 누군가가 나를 괴롭게 할 때 아예 그 사람을 내 인생에서 제거할 수 없을지는 몰라도, 그 사람의 말과 행동을 어떻게 받아들이느냐는 나에게 달려 있다는 것을, 그 괴로움에 대한 책임이 어느 정도는 나에게도 있다는 것을 알게 되었다. 누군가 때문에 괴로워할지 말지는 내가 선택하는 것이다. 선택이라는 것은 늘 고민되고 어려운 것이지만 내 인생은 내 책임이자, 내 선택으로 이뤄진다는 것만 잊지 않고 기억한다면 그 선택의 과정과 결과가 조금이나마 덜 힘들고 더 달갑게 느껴지는 것 같다.

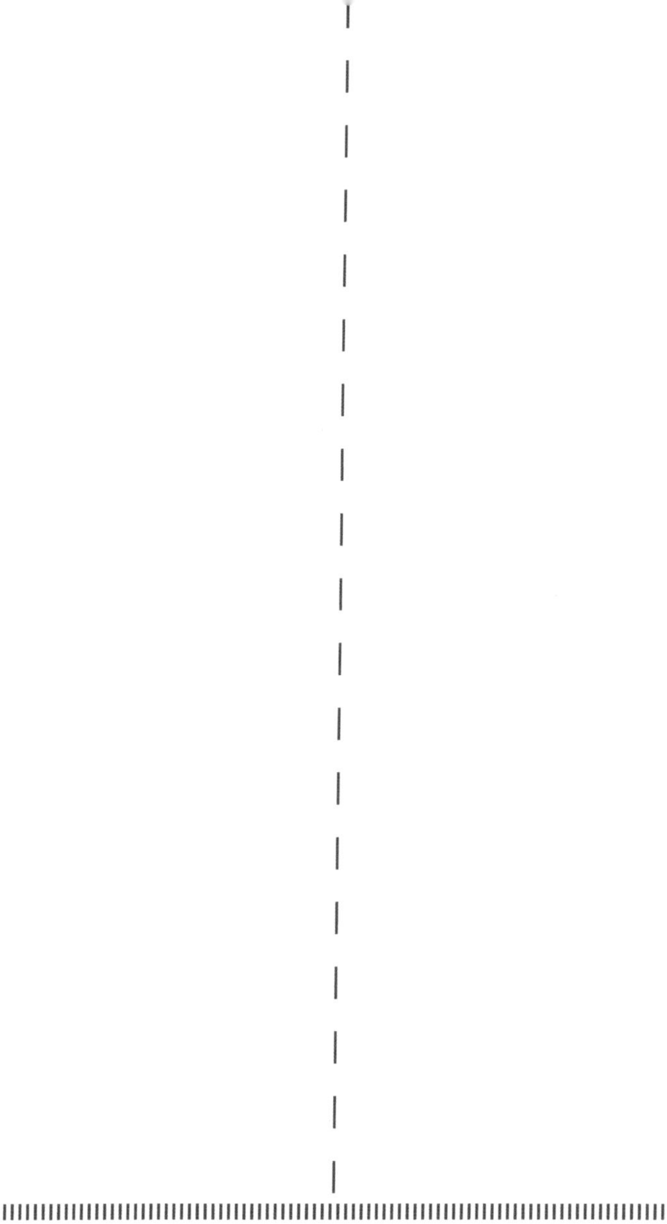

경험해보지 못했기 때문일 거야

타인의 말과 편견에 대해 얼마나 신경 쓸지 꾸준히 선택해 온 것 같다. 나는 대학원을 졸업한 후 네 번째 직장이었던 헬스케어 회사에서 리드, 즉 팀장 역할을 수행했다. 리드는 더 승진할 기회가 별로 없는 수평 문화의 스타트업에서 꽤 많은 책임감을 가진 역할이라고 생각한다. 그래서 팀장으로서 최선을 다했고, 모범이 되려고 노력했다. 노력하다 보니 연봉만큼이나 책임과 업무에 관한 기대가 늘었고, 지속해서 업무를 잘 수행하려다 보니 따라주지 않는 몸을 다스리는 약을 정기적으로 먹었다.

사실 나는 이 직장에 취직하기 수개월 전에 기면증이라는 희귀 난치성 질환을 진단받았다. 대학원의 마지막 관문인 논문 최종 심사를 끝마친 이후로 몇 개월간 하루에 열여덟 시간 가까이 잤다. 자도 자도 졸렸고, 심지어는 식사하면서도 졸았다.

처음에는 우울해서 그런 걸까 싶었지만, 이 이야기를 들은 내 상담 선생님은 수면과 관련된 별개의 문제가 있는 것이 아니냐는 질문을 하셨다. 어떻게든 이 잠의 늪에서 빠져나오고 싶었던 나는 바로 수면 클리닉에 예약했고, 1박 2일의 괴롭고 기나긴 수면 검사를 마쳤다. 설마가 사람 잡는다더니, 일주일 후에 듣게 된 진단 결과는 무려 기면증이었다.

희귀 난치성 질환을 진단받으면 한마디로 설명할 수 없는 아주 복잡한 감정이 든다. 화, 억울함, 슬픔 등 부정적인 감정은 분명히 든다. 그런데 오랫동안 알 수 없는 이유로 아팠던 사람들은 오히려 안도감과 속 시원한 느낌도 들 것이다. 수개월을 잠만 잔 나 역시 드디어 이유를 알게 되자 슬프면서도 한편으로는 기쁘고 속이 시원했다. 이제 어떻게든 치료를 시작할 수 있을 테니 말이다(대부분의 희귀 질환은 원인을 치료하는 치료제가 없어 증상을 호전시키는 데 집중한다).

다행히도 기면증 약은 현재 국내에서 서너 종류가 승인되었고, 나는 이 약들을 복용하기 시작했다. 아침에 두 알, 점심에 한 알 반. 정신과 약과 합치면 하루에 열 알도 넘었다. 누군가 내 약통을 들여다본다면 우선 그 양에 놀랄 것이고, 내가 많이 아프다고 생각할 수도 있겠다. 그런데 우습게도 사람들은 내 겉모습만 보고는 절대 이 사실을 알 리가 없다. 대부분의 시간 동안 정상 생활을 할뿐더러 조금은 힘든 시간에도 멀쩡해 보이기 때문이다.

결혼한 지 몇 년 된 우리 부부가 왜 아이가 아직 없는지 사람들이 궁금해할 때가 가끔 있다. 내 병력에 대해 잘 아는 사람은 아마 내가 아프거나 약을 많이 먹어 임신하기가 어려운 것이라고 오해할 수 있겠다. 그러나 사실 나와 남편은 애초부터 아이를 가질 생각이 없었다. 더불어 나는 내가 가진 질환이 유전될 수 있다는 작은 가능성 때문에라도 절대 내 아이를 낳고 싶지는 않다. 그렇지만 남편과 둘이서 행복하게 살다 보니 함께 아이를 기르는 것이 우리에게 줄 수 있는 행복에 대해 관심과 기대가 생긴 게 사실이다.

몇 년 전 우리 부부는 오랜 대화 끝에 아이를 입양하면 좋을 것 같다는 결론을 내렸다. 우리는 입양 상담 신청을 했고, 첫 상담이 순조롭게 이어지고 있던 가운데 병력에 대해 입양 상담사가 내게 물어왔다. 나는 솔직하게 양극성 장애와 기면증이 있다고 말했다. 그 순간, 상담사의 얼굴이 눈에 띄게 굳었고 신청 자체가 어려울 것 같다는 말이 이어졌다. 방법이 없냐는 질문에 전혀 없다고 말하며 상담을 황급히 종료했다.

나는 그날 처음으로 내 건강 상태를 원망했다. 외출했다가 아이를 방치하거나 옳고 그름조차 가르치지 못하는 부모를 목격하면 우리끼리 속삭였다. "저런 사람들도 아이를 키우는데……."

그러다가 얼마 전에 다시 한번 혹시 모른다는 희망을 품고 다른 입양 기관에 상담 신청을 했다. 그러나 이번에는 입양 상담사가 정신장애를 가진 사람은 아이를 키우면 예후가 좋지 않다는 둥, 아이가 또 상처받으면 안 되기 때문에 입양을 진행해줄 수 없다는 둥, 여러 편견으로 가득 찬 말을 했다. 그중 가장 기억에 남는 말은 양극성 장애나 기면증을 가진 사람은 일상생활이 불가하다는 것이었다.

나는 그 말에 "약 없이는"이라는 짧지만 강력한 말을 덧붙이고 싶다. 약을 먹으면 일상생활이 가능해지는 사람들과 그 치료제를 개발해준 훌륭한 연구진에게 참으로 모욕적인 말이라 생각한다. 이러한 경험을 통해 나는 사람들이 가진 편견에 대해 조금 더 알게 되었다. 나에 대해 전혀 모르는 사람도 내가 어떤 질환을 가졌다는 사실 하나만으로 나를 다 안다고 생각한다는 것을 말이다.

이러한 편견은 일터에서도 비껴갈 수 없었다. 약의 힘을 빌려 정상 생활을 유지하며 열심히 팀장의 역할을 수행하던 중, 회사의 인사팀이 팀장들에게 면접 지침을 공유했다. 그런데 건강에 대한 질문 목록 가운데 유독 눈에 띄는 질문이 하나가 있었다.

정기적으로 드시는 약이 있나요?

당황스러웠다. 면접에서는 명확한 의도를 가지고 질문해야 하는데, 이 질문의 의도를 나로서는 도통 이해할 수가 없었다. 정기적인 약의 복용 여부와 업무 수행 능력이 과연 어떤 연관이 있는 걸까?

나는 인사팀 담당자에게 이 질문의 의도가 무엇인지 설명을 부탁함과 동시에 내가 생각하는 더 적합한 질문을 조심스레 건의해보았다. 답변의 내용은 "동료가 어딘가 아프다면 다른 동료들이 함께 일하는 사람으로서 이에 대해 알 권리가 있어 묻는 것이다"였다. 그러나 나는 동료가 어떤 약을 정기적으로 먹는지, 어떤 질환을 앓고 있는지 서로 알아야 하는 이유가 무엇인지 알 수 없었고 그것이 권리이기까지 하다는 게 잘 이해가 가지 않았다. '업무에 지장만 없으면 되지 않나?'라는 생각과 더불어 질환이나 복용하는 약에 관해서 묻는 것 자체가 질환자를 향한 차별을 야기한다는 생각이 들었다. 업무와 상관없는 결혼 여부를 묻는 것과 전혀 다를 것 없이 느껴졌다.

씁쓸한 마음으로 논의를 종결했고, 이 회사에서는 내가 정기적으로 약을 먹는 질환자라는 이야기를 아껴야겠다고 생각했다. 결국 나에 대한 긍정적인 평가가 내가 아프다는 사실로 인해 변질할 수도 있겠구나 싶었다. 입양 상담사 두 명이 그랬던 것처럼 말이다.

나는 그들이 아파보지 않아서, 직접 겪어보지 않았기 때문에 잘 몰랐던 것이라고 생각한다. 그렇게 이해하면서 질환자에 대한 편견으로 짙게 물들었던 이런저런 사건들을 기억 저 너머로 흘려보낸다. 그러지 않으면 나만 더 아프다. 오늘도 나는 마음이 덜 아프기를 선택한다.

죽음은 남은 자의 몫

이렇게 덜 아프길 선택하는 삶을 살려고 하는 것이, 또 이런 경험들이 누군가의 죽음을 받아들이는 데 조금이나마 도움이 될 거라고 예상했었다. 사람에게 경험이란 큰 자산과도 같다고 생각한다. 그래서 기업들도 연봉을 더 주고서라도 경력자를 뽑는 경우가 많아지는 추세이다.

경험은 상황에 대처할 수 있는 능력을 키워주는 것 같다. '이런 일이 발생할 때는 이렇게 하면 되더라'를 여러 번 겪게 되면 나중에는 그 일에 능숙해진다. 그런데 익숙하고 능숙하다고 해서 그 일이, 그 상황이 덜 힘들어지는 것인지는 잘 모르겠다. 상황이 익숙하다고 그에 따르는 감정 또한 익숙해지고 무뎌질 수 있을까?

나는 가나에 살 때부터 여러 사람의 장례에 참석해왔다. 말라리아가 감기처럼 취급되는 나라에서 죽음이란, 문턱 넘어 언제든 발을 들일 수 있는 존재와 같았다. 다행히 우리 가족은 몸살 기운만 있어도 약을 먹고 늘 조심해서 장기가 손상되거나 뇌사에 빠지는 등 위험한 순간까지 간 적은 없었다. 그러나 안타깝게도 말라리아를 방치하거나, 크게 아픈데도 가

나의 낮은 의료 수준으로 인해 치료를 못 받아 죽음에 이르는 경우를 몇 번 보게 되었다.

그중 내 기억 속에 특별하게 간직하는 사건이 있다. 내가 중학생 때, 어느 아저씨의 고등학생, 대학생 두 딸이 아빠를 따라와 가나에서 공부하게 되었다. 고등학생이었던 그 집 둘째 언니는 가족과 떨어져 현지 기숙사 학교에 다녔는데 그곳에서 말라리아를 앓게 되었다. 학교에서는 아픈 학생을 며칠 동안 방치했고, 언니는 그렇게 허무하게 세상을 떠났다. 엄마와 아빠에게 소식을 전해 들은 나는 그 언니네 집에서 열린 장례식에 참석했다(가나에는 별도의 장례 시설이 마땅히 없다). 나는 공감을 하고 싶었지만 가족을 급작스럽게 잃은 심정이 어떨지 상상조차 가지 않았다. 그저 '힘들겠구나'라고 생각만 할 뿐 마음에 도저히 와닿지 않았다. 그도 그럴 것이 아직 한 번도 겪어보지 못한 일이었으니 말이다.

그런 와중에도 나는 혼자 남은 첫째 언니가 너무 안쓰러웠다. 먼 타지까지 와서 동생을 잃었으니 그 심정이 어떠했을까. 그 언니에게 진심 어린 위로를 전하고 싶었지만 나보다 한참 나이도 많은 데다가 무슨 말을 어떻게 꺼내야 할지, 감히 내가 무슨 말을 할 수 있을지 몰라서 걱정이 앞섰다. 그래서 나는 글을 쓰기로 했다. 내가 전하고 싶은 말을 한 편의 시로 표현했다.

이제 그 시를 적었던 컴퓨터 파일은 없어졌지만, 내용은 또렷하게 기억이 난다. 죽은 동생이 홀로 남은 자신의 언니를 바라보는 내용이었다. 이제 영혼으로밖에 존재할 수 없는 동생은 언니가 힘들어하는 모습을 보며 함께 슬퍼하면서도 무기력해진 언니를 자신이 지켜줘야겠다고 생각한다. 그러던 어느 날, 언니는 정원에서 딱딱한 씨앗의 외피를 힘겹게 뚫고 나온 어린 새싹을 보고 옅은 희망을 느끼며 삶의 의지를 되찾는다. 그리고 죽은 동생은 이러한 언니의 모습을 지켜보며 안도한다. 언니가 멀쩡하게 사는 것, 다시 행복하게 사는 것이 자신을 잊어서가 아니라는 걸 잘 알기 때문이다. 동생은 언니가 드디어 죽은 동생에게 매여 있는 삶을 살지 않을 수 있게 되자 조용히 미소 짓는다.

지금 돌이켜보니, 참으로 마음을 다해 썼던 것 같다. 이해할 수 없는 감정이었지만, 동생이 서서히 잊히는 것이 두려워서 그리고 작은 즐거움을 느끼는 것조차 동생에게 미안하게 느껴져서 오히려 더 오래 슬픔에 머무르게 될 수도 있다고 생각했던 것 같다.

내가 더 직접적으로 경험했던 첫 죽음은 처음으로 입양했던 고양이의 것이었다. 미국의 한 동물 보호소에서 검정고양이 지지를 입양했다. 너무 작고 소중해서 평생 지켜주고 싶었고, 종은 다르지만 정말이지 내 자식 같았다. 당시에 나는 월세만 겨우 낼 수 있을 정도로 형편이 아주 어려웠지만, 허리띠를 더 졸라매고서 지지에게 장난감이나 필요한 용품을 꾸준히 사줬다.

함께한 지 한 달이 지났을 때 지지가 아프기 시작했다. 보스턴에서 가장 큰 동물병원에 이틀간 입원했고 다행히 다시 발랄한 모습으로 돌아왔다. 나는 내 전 재산이었던 약 300만 원을 병원비로 지불해야 했지만 지지가 건강을 되찾아 참으로 다행이었다.

그런데 그로부터 3개월이 지났을 즈음 지지가 또다시 아팠다. 갑자기 아파서 병원에 갈 돈이 없었을뿐더러, 급속도로 뇌사 상태에 빠지는 바람에 집에서 최대한 편안하게 보내주었다. 다음날 동물병원에 화장 서비스를 신청했고, 현재의 남편인 남자친구가 30만 원이 넘는 비용을 대신 지불해주었다.

일주일 뒤에 지지는 작은 통에 담겨서 내게 배송되었다. 나는 그 통을 4년 동안 단 한 번도 열어보지 못하고 고이 간직해두기만 했다. 그러고는 한국으로 이주할 때, 병원에서 운영하는 반려동물 묘지에 맡겼고, 지금은 어디에 묻혔는지도 모른다. 4년간이나 애도하고서 이제는 어디 있는지도 모른다는 말이 어이없을지도 모르겠다. 그런데 어느 순간 나는 그 통에 담긴 것이 지지가 아니라는 걸 깨달았던 것 같다. 지지는 그 화장된 뼛가루가 아닌 내 기억 속의 고양이인 것을 오랜 시간이 지나서야 알게 되었다. 그래서 미국에서 입양해 한국으로 데려온 나의 또 다른 자식과 같은 고양이 키키와 쿠파의 그날이 오면 나는 남은 것에 연연하지 않을 거라고 다짐했다. 나중에 그리워하는 것보다는 함께할 때 행복한 기억을 더 많이 만들어놓는 게 훨씬 낫다고, 살아 있을 때 최대한 함께하자고 다짐했다.

지금은 어디에 묻혔는지도 모른다.

한국에 들어와서 키키와 쿠파가 여덟 살, 아홉 살이 되었을 무렵에 셋째 고양이를 입양했다. 선명한 주황색 털을 가진 그녀석에게는 곶감이라는 이름을 지어주었다. 정말이지, 곶감이는 엄청난 말썽꾸러기였다. 아기가 들어왔다고 가만히 참아주는 키키와 쿠파를 보기만 하면 달려들어 장난치고, 테이블 위에 올라가 물건들을 모두 떨어뜨리고, 툭하면 들어가면 안 되는 곳에 들어가 온갖 물건들을 헤집어놓았다. 혼내기도 많이 혼내서 가끔 괜히 미안해졌던 곶감이……. 차라리 더 혼내고 더 조심했어야 하는데 싫어진다.

곶감이가 우리와 함께한 지 5개월쯤 되던 어느 날, 밤늦게 남편이 다급하게 내 이름을 불렀다. 잠깐 눈을 붙이고 있던 나는 남편 목소리를 듣고는 거실로 달려 나갔다. 남편은 건조기 앞에서 반쯤 오열하고 있었고 건조기 앞 옷 무더기 위에 곶감이가 널브러져 있었다.

곶감이가 건조기 안에 몰래 들어갔던 모양이다. 그걸 알 리가 없는 남편은 건조기를 그대로 가동했고, 돌아가는 소리가 이상해서 확인한 남편이 곶감이를 발견했다. 그러나 이미 너무 늦은 상황이었다. 나는 최대한 침착하려고 했고, 24시간 동물병원에 전화해 다음 날 곶감이를 화장터에 맡기기로 했다. 작은 방에 누인 곶감이를 남편은 혹시나 아직 살아 있을까 하는 마음에 밤새 몇 번씩이나 확인했다.

그렇게 나는 내 자식을 작은 통에 되돌려 받는 일을 두 번이나 경험했다. 그 후, 남편과 나는 곶감이를 수목장시켜주자는 말만 주야장천 하고선 정작 3년간 보내주지 못했다. 나는 처음 6개월은 건조기가 위치한 다용도실 문이 열려 있으면 그 근처에도 가지 못했고, 2년 정도는 건조기를 만지지도 못했다. 건조기를 새로 산 이제야 가끔 만질 수 있고, 건조기를 돌릴 때면 아직도 가슴이 두근거린다. 그리고 건조기에서 따뜻하게 말려 나온 옷은 아직도 질색이다.

곶감이 일이 있은 지 거의 2년이 지난 무렵에 우리 가족은 주택으로 이사했고, 나는 곶감이와 비슷한 나이의 1년생 작은 꽃사과 나무를 샀다. 이제 우리 집 정원이 있으니 보내줄 수 있을 것 같았다. 또 미루다가는 영영 못 할 것 같아서 땅을 일단 팠다. 그렇게 파놓으니 왠지 보낼 수 있는 용기가 생겼다. 그래, 그 가루는 곶감이가 아니니 말이다. 남편과 동생을 불렀고, 우리는 한때 곶감이었던 가루를 구덩이 속에 부어 넣은 후 꽃사과 나무를 정성껏 심어주었다. 그때 내 동생이 나지막하게 말했다. "곶감아, 오래 기다렸다……."

엄마 아빠가 못 보내줘서......

이렇게 남은 자들의 마음이 정리되니 곶감이도 더 편안해질 것 같았다. 물론 아직도 지지와 곶감이를 생각하면 눈물부터 쏟아진다. 제발 익숙해졌으면 하지만, 아마도 절대 그럴 일은 없을 것이다. 경험을 통해 대처는 더 능숙해질 수 있겠지만, 감정은 늘 처음 느끼는 것처럼 익숙해지지 않는 것 같다.

그렇지만 경험이 성장의 밑거름이 되는 것은 분명하다. 그리고 누군가가 비슷한 일을 겪게 된다면, 어떻게 위로하면 좋을지 조금은 더 알 것 같다. 그렇다 보니 경험이 오직 나만을 위한 것은 아니라는 생각을 하게 된다. 경험은 나와 비슷한 처지를 겪는 사람에게 그것을 토대로 한 위로와 조언을 건넬 수 있는 자산인가 보다.

이제 다시 봄이 왔다. 2년 전 여름에 심었던 꽃사과 나무는 긴 겨울을 나고 다시 푸르게 새잎으로 단장을 했다. 내가 중학생 때 멋모르고 적었던 그 시의 주인공이 내가 될 줄은 꿈에도 몰랐다.

감정은 늘 처음 느끼는 것처럼
익숙해지지 않는 것 같다.

편견도 선택이야

이렇듯 한국에 들어온 이후 많은 일들이 있었다. 엄마가 돌아가시기도 했고, 병원에서 여러 진단을 받기도 했다. 그런데 나를 가장 힘들게 했던 것은 매일 마주하는 일상생활이었다. 문화적 차이가 이렇게 클지 몰랐던 내 탓일까, 말 한마디 한마디가 적응이 안 되었고 사람들의 사소한 행동들이 이해되지 않았다. 내가 살았던 미국 보스턴이라는 도시에서는 누군가와 눈이 마주치면 미소를 지은 후에 눈을 돌린다. 누군가 먼저 문을 나가게 되면 뒷사람을 위해 문을 잡아주고, 열린 문으로 나온 뒷사람은 웃으며 고맙다는 인사를 전한다. 내 잘못이 아니어도, 길에서 부딪치거나 발을 밟으면 반사신경처럼 미안하다는 말이 입에서 저절로 새어 나오고 서로 괜찮다며 웃어넘긴다. 물론 미국의 모든 지역이 다 보스턴 같지 않다는 것을 잘 알고, 보스턴에서도 모든 사람이 그렇지는 않다. 그러나 내가 그곳에서 만났던 사람들은 대체로 그랬다.

내가 경험했던 한국은 맞은편 사람과 눈이 마주쳐 미소를 지으면 이상한 꿍꿍이가 있는 사람이 되고, 뒷사람을 위해 문을 잡아주면 고맙다는 인사도 없이 모두 당연하다는 듯 줄줄

이 소시지처럼 나가버리는 곳이었다. 출근길에 바삐 걷다가 서로 어깨를 부딪쳐도 혼자 미안하다고 사과한 나만 죄인이 되고, 발을 밟혀놓고도 반사적으로 사과해버려서 먼저 말한 내가 잘못한 게 되어버리는 나라였다. 물론 이 또한 모두가 그렇지는 않겠지만 내가 경험했던 사람들은 대체로 그랬다.

처음엔 이해가 되지 않았다. 왜 한국인은 먼저 친절을 베풀지 않을까에 대해 궁금증이 쇄도했다. 그러나 어느 한 아이가 삐뚤빼뚤하게 적은 "감사합니다"라는 말이 나의 오랜 편견을 없애주었다.

2021년, 나는 타운하우스 단지로 이사 오게 되었다. 입주가 완료된 지 얼마 안 되어 아직 체계가 잡히지 않았다 보니, 단지 내에서는 지금까지 말도 많고 탈도 많다. 이 좋은 곳에서 살면서 열정적으로 쌈박질하는 모습이 꽤 답답해 보이기도 하고 마음이 안 좋았다. 그래서 아무도 좋아할 것 같지는 않았지만, 때마침 다가오는 핼러윈 데이를 핑계 삼아 작은 나눔을 시도해보기로 했다.

나는 오해가 난무하며 험한 말들이 오가는 우리 주택단지의 공식 카페와 채팅방에 겁도 없이 발랄하고 당찬 말투로 글을 올렸다. 아이들이 단지 내에서 트릭 오어 트릿(trick or treat)을 하면 좋을 것 같다며, 쿠키, 머핀, 휘낭시에 등의 디저트를 직접 구워놓을 테니 들고 가시고 참여할 의사가 있는 다른 세대가 있다면 알려달라고 부탁하는 내용이었다. 그런데 이게 웬걸, 우리 집을 포함한 열다섯 세대에서 트릭 오어 트릿에 동참하게 되었고, 내가 쓴 글에 기분 좋은 내용의 댓글이 무려 50개가 넘게 달렸다.

일이 커졌지만 무척 신이 난 마음으로 온종일 쿠키를 구웠다. 돈을 들여 쿠키 포장지도 사고, 내 남편과 동생은 핼러윈 장식을 직접 사 와서 집 밖을 꾸몄다. 얼마나 기대가 되었으면 남편은 아이들이 좋아할 것 같다며 평소에는 비싸다고 거들떠보지도 않던 헬륨 풍선까지 사 왔다. 정말이지, 지금 생각해도 우리는 아주 열심히 했던 것 같다. 고맙다는 말은 못 들을지언정 먼저 친절을 베풀고 사랑을 나눠야 한다는 생각으로 바삐 오븐을 돌리고 쿠키를 하나하나 예쁘게 포장한 후 핼러윈 테마에 맞는 장식으로 포장지도 꾸몄다.

아이들이 좋아하는 상상만으로도 충분하다고 생각했기에 할 수 있었다. 한국인은 고마운 상황 속에서도 고맙다는 표현을 잘 하지 않으니 말이다.

비싸다고 거들떠보지도 않던
헬륨 풍선까지 사 왔다.

그러나 그건 나의 크나큰 편견이었던 걸 알게 되었다. 쿠키를 문밖에 꺼내놓은 지 얼마 되지도 않았을 때, 쪽지와 함께 사탕이 우리 집 문 앞에 붙어 있는 걸 발견했고 쪽지에는 아이의 서툰 글씨로 다음과 같이 적혀 있었다.

감사합니다.

그 외에도 쪽지와 선물을 문 앞에 놓고 간 이웃들이 많았고, 카페에는 가족에게 행복한 추억을 선물해줘서 감사하다는 수많은 댓글이 달렸다. 이처럼 고마움을 표현한 모든 이들이 섣부른 편견을 가졌던 나를 심히 부끄럽게 만들었다.

그래서 나는 한국인의 친절에 대한 내 생각부터 바꾸고자 했다. 그 누구도 친절을 베풀지 않으니 모두가 먼저 친절을 베풀어줄 사람을 기다리고 있는 게 아닐까 싶었다. 국적을 불문하고 대가 없는 친절을 받았을 때 감사하다는 말과 그에 걸맞은 친절을 되돌려줄 준비가 된 이들은 어디에나 존재한다는 걸 알게 되었다.

하지만 친절을 되돌려줄 수는 있어도 먼저 대가 없는 친절을 베푸는 것은 손해일 수 있기 때문에, 쭈뼛쭈뼛 기다리기만 하다가 서로 먼저 웃어주지 못하는 사회가 되어버린 것은 아닐까? 나는 이 생각이 상당히 불편하다. 나 또한 그런 사람이 되어버린 것 같아서 더더욱 불편하다. 그래서 내 마음이라도 편해지고자 나부터 먼저 대가 없는 친절을 베푸는 삶을 살려고 한다. 당연히 손해를 볼 수도 있다. 아니, 대부분이 손해일 것이다. 그러나 친절을 베풀어서 생긴 손해가 그 아이의 삐뚤빼뚤한 글씨가 나에게 준 깊은 감동을 뛰어넘을 수는 없을 것 같다.

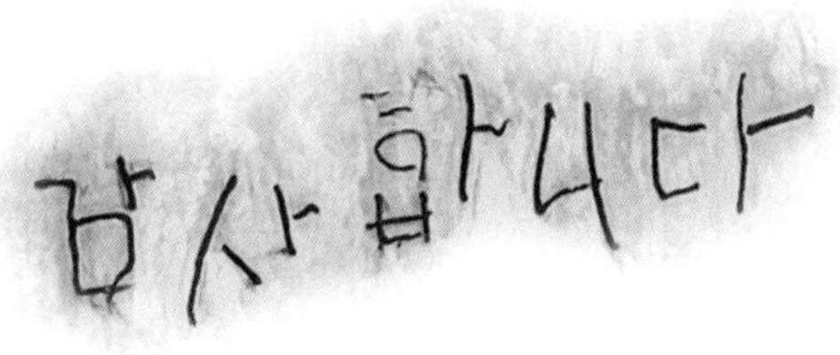
감사합니다

나도 물을 엎지른다

인생은 멀리서 보면 희극, 가까이서 보면 비극이라는 말이 떠오른다. 역시 인생은 내가 생각한 대로 흘러가지 않았다. 어릴 적 오롯이 공부만 했던 나는 학교에서 언제나 1등이었지만 대학에 가서는 성적이 바닥을 쳤다. 엄마, 고양이 지지 그리고 곶감이와 평생 행복하게 살 줄 알았건만 그들은 일찍 내 곁을 떠나버렸고, 우울장애에 이어 양극성 장애와 기면증을 진단받았다. 그 때문에 대학원과 직장 생활도 순탄하지 않았을뿐더러 아이를 입양할 수 있는 기회조차 얻지 못했다.

이런 일들이 누군가가 보기엔 비극일 수도 있겠다. 남은 내 인생은 가만히 앉아서 불평만 해도 시간이 부족하겠다고 생각해본다. 그렇지만 그러면 나만 더 불쌍해지고, 손해 아니겠는가?

나는 날마다 사랑받으며 살고 있고 하루하루 성장해나가고 있다. 이러한 비극적인 일을 통해 나는 내가 누군지 더 잘 알게 되었고 엄마의 죽음마저 타인의 슬픔을 공감하고 위로할 수 있는, 아프지만 중요한 경험이 되었다.

그래서 나는 가진 것에서 최대한의 행복과 즐거움을 찾으려고 매일 노력한다. 사실 돌이켜보면, 아팠던 경험만큼이나 남편, 가족, 친구 그리고 심지어는 모르는 사람 덕분에 뜻밖의 것에서 즐거움을 얻었던 경험 또한 많았다. 이러한 일들에 마음의 비중을 더 두다 보면 인생은 보이는 것보다 더 달콤하게 느껴진다.

역시 인생의 묘미란 어떤 일이 언제 어떻게 벌어질지 모르는 것이 아닐까 싶다. 비극적이었던 일이 결국엔 희극으로 변하기도 하고, 희극적이었던 일도 지나고 보면 비극이 되기도 한다. 그래서 내 삶이 비극인지, 희극인지는 내가 인생에 두는 의미와 스스로 찾아가는 행복에 따라 달라지는 것 같다.

그렇기 때문에 생각대로 흘러가지 않더라도 좌절할 필요가 없을뿐더러 갑자기 떨어진 행운에 과하게 기뻐할 필요도 없는 것 같다. 인생은 어차피 내 맘대로 되지 않으므로 어떤 일에 크게 동요하기보다는 무엇이든 마음에 잘 담아내고 나만의 행복을 찾아가는 것이 더 중요하다. 앞으로 어떤 일이 벌어질지 모르지만, 내 인생의 다음 장에서도 나는 굳건하게 나만의 행복을 찾아내려고 노력할 것이다.

그간의 경험에서 비롯된 생각들은 내게 입버릇같이 하는 말을 여럿 만들어주었다.

인생은 어차피 내 맘대로 되지 않아.

피할 수 없으면 즐기기라도 해.

계획대로 안 되었다고 해서 원하는 걸
아예 할 수 없어진 건 아니잖아.

그저 속도가 느려진 것뿐이야.

언제 내 인생이 끝날지는 아무도 몰라.
그러니까 지금 하고 싶은 걸 해.

남의 시선은 중요하지 않아.

스스로 행복할 수 있어야 해.

나 자신을 온전히 사랑해야
남도 사랑할 수 있는 거야

누군가의 엎지른 물과 같은 말이 내 마음에 담겼듯이, 나도 누군가의 마음에 물을 엎지르며 산다. 그러나 엎지른 물은 역시 주워 담을 수 없다는 것 또한 알기에 상대방에게 도움이 될 수도 있는 물을 엎지르도록 노력한다. 마음에 담겨 필요했던 양분이 되길 바라면서 말이다. 하지만 이 물이 마음에 필요한 영양분으로 쓰일 건지는 상대방에게 달려 있기 때문에, 나는 그들 마음의 나무에 물을 조금 주는 정도로만 만족한다. 한 사람의 인생은 본인의 책임이자 선택이니, 상대방이 내가 한 말을 어떻게 받아들이든 그것에 개입할 자격은 없는 것 같다. 그래서 먼저 도움이 필요하다고 표현하는 경우나 도움이 필요한지 물었을 때 긍정적으로 대답하는 경우에만 실질적인 도움이 될 법한 행동이나 말을 하려고 노력한다.

앞서 이야기했듯 내 인생은 마음대로 흘러가지 않았고, 이를 받아들이는 데 많은 시간이 걸렸다. 사실 아직도 맘처럼 되는 일이 많이 없어 속상할 때가 많다. 그렇지만 내게 일어나는 일을 어떻게 받아들일지는 내 선택이라는 것을 늘 되뇌며 나 자신을 사랑하려고 노력한다. 다른 건 몰라도 내 마음만큼은 온전하게 내 것이 되도록 말이다.

맺음말

우선 내 마음에 평생 담기게 된 여러 말들과, 그에 대한 이야기를 풀어나가며 내가 엎지른 말들을 마음에 담아준 독자들께 무한한 감사의 인사부터 올린다. 우리는 각자의 경험을 통해 생각이 형성되고 각기 다른 인생을 살아가지만, 막상 겪는 일들의 면면은 크게 다르지 않은 것 같다. 부모와의 갈등, 연인과의 사랑과 이별, 좌절과 실패, 사랑하는 이의 죽음, 부당한 편견과 무시……. 제각기 처한 상황이나 세세한 사정은 다르겠지만 큰 틀에서는 비슷한 인생 경험을 하며 살아간다고 생각한다.

그렇기에 내가 지금까지 써 내려간 내 마음에 담긴 말과 그로 인해 깨달은 것들이 조금이나마 익숙하게 느껴졌을 거라고 생각한다. 독자들이 찬찬히 내 인생을 들여다보며 '이렇게도 생각할 수 있겠구나' 싶었다면 나는 그것만으로도 굉장히 만족한다. 혹여나 이를 넘어 인생에서 경험했던 자신만의 굴곡을 다시 한번 되짚는 데 도움이 될 수 있었다면, 내가 이 책을 쓴 목적을 달성했다고 해도 과언이 아닐 것이다. 이조차 넘어 만약 책을 읽고 무언가 깨달음을 얻었다면, 내가 아닌 내가 엎지른 물을 온전히 흡수해서 성장의 밑거름으로 삼은 독자들께 그 공을 온전히 돌리고 싶다.

사실 나는 혼자서 책을 쓸 수 있는 능력을 갖춘 사람은 아니어서 이 책을 쓰기 위해서 참 많은 사람의 도움을 받았다. 내 심리 치료 상담 선생님은 책 집필을 시작할 수 있도록 의지를 북돋아 주셨고, 든든한 내 편인 남편은 내가 글을 쓸 때마다 어떻게 하면 내 생각을 더 잘 표현할 수 있을지 머리를 맞대주었다. 우리 엄마의 동생인 하나뿐인 나의 이모와 너무나도 소중한 친구들 그리고 내가 미처 나열하지 못한 수많은 주변 사람들이 내가 전하는 이야기에 공감해주어, 이 책을 끝낼 수 있는 불꽃과 같은 활력을 얻었다. 마지막으로 내게 많은 사랑과 가르침을 주시고 나는 뭐든 할 수 있는 사람이라는 것을 늘 말씀해주신 부모님 덕분에 책을 쓸 용기를 낼 수 있었던 것 같다.

그래서 사실 이 책은 모두가 함께 쓴 것이나 다름없다. 위에 열거한 이들이 없었다면 한 글자도 쓸 수 없었을 것이다. 그렇지만 내가 가장 고마운 사람은 이 책을 여기까지 읽은 독자들이다. 이 책을 읽어주는 사람이 없다면 내가 엎지른 물이 담길 마음 그릇 또한 없다는 것이니 말이다.

결국 돌이켜보면 내가 책을 쓴 이유는 여러 일들을 겪으며 가졌던 생각과 깨달음을 공유하기 위함이었다. 그래서 이 책은 독자를 설득하려 하기보다는 독자 스스로가 마음의 선택을 할 수 있게 하는 열린 결말로 끝내고 싶다. 괴로운 순간이나 편견으로 가득한 순간을 맞게 될 때, 그 순간에 어떤 행동을 취할지, 어떻게 그 일을 받아들일지는 독자 본인의 선택이라는 것만 말씀드리고 싶다. 결국 무엇이든 내가 선택하는 것이고 그 선택에 대한 책임도 내가 짊어지는 거라는 걸 잊지 않았으면 한다. 나 또한 이것을 잊지 않도록 매일 노력할 테니 독자들도 그랬으면 하는 바람이다.